Jakob Streit · Der Sternenreiter

Zwei Novellen

Jakob Streit

DER STERNENREITER ANNA MC LOON

Zwei irische Erzählungen

Verlag Meier

© 1976 Verlag Meier Schaffhausen
Alle Rechte sind vorbehalten
Printed in Switzerland
ISBN 385801 004. 9

Der Sternenreiter

Dunkle Sturmwolken bedeckten den nächtlichen Himmel. Ein heftiger Wind peitschte stoßweise den kalten Regen zur Erde. Es war in den Wochen des Advents. Von Zeit zu Zeit, wenn die Wolken fetzenhaft auseinanderrissen, schimmerte für Augenblicke ein fahler Schein auf und ließ die Umrisse der nahen Hügel und der schwarzen Berge in der Ferne gespenstisch hervortreten. Auf einem schmalen Pfade, der in einsamen Windungen durch das Hochmoor zwischen Crossmolina und Bangor Erris führte, kämpfte ein nächtlicher Reiter mit Sturm, Regen und Finsternis um den Weg, der zwischen sumpfigen Stellen und Moorlöchern immer wieder vor seinen Augen verschwand. Weite Strecken irrte er pfadlos umher, und er fühlte, wie seine Kräfte erlahmten. Schon eine Weile hatte der Reiter die Zügel hängen lassen, da er bemerkte, daß das Pferd wie instinktiv den gefährlichen Stellen auswich und immer wieder auf den Weg zurückfand. Zeitweise verlor sich die Spur auf dem dunklen Moorboden. Wenn der Reiter befürchtete, das Pferd trete in ein schwarzes Moorloch, riß er plötzlich wieder krampfhaft an den Zügeln. Er wußte, daß in solchen Löchern Mann und Pferd ohne weiteres versinken könnten. Der eisige Regen, der von Schneegeriesel durchsetzt war, schlug ihm ins Gesicht und hatte seine Hände versteift. Es ging gegen Mitternacht. Hätte er sich nicht verirrt, wäre er schon vor Stunden in Bangor angekommen. Der Reiter war der Erschöpfung nahe, und der Gedanke fuhr ihm durch den Sinn: «Wenn ich in diesem Moor umkomme, wird kein Mensch jemals mein Grab finden. Ich werde vom Erdboden verschwunden sein: versunken Reiter auf Pferd und begraben wie ein Held der Vorzeit.» Ein seltsam verbissener Gleichmut hatte sich seiner bemächtigt, indes das Pferd unentwegt schnaubte und kämpfte. Plötzlich, als ein Wolkenvorhang leicht aufriß, schien ihm, ein kleiner Seitenpfad führe einem Hügel zu. Als er aufwärts blickte, gewahrte er einen Lichtschimmer, der nur von einer menschlichen Behausung kommen konnte. Das Pferd witterte eine schützende Geborgenheit; denn ohne Weisung stieg es den seitlichen Pfad hinauf. Wie sich der Reiter dem Lichte näherte, vernahm er durch das Sturmessausen ein windverschlagenes Hundegebell. Ein kleines, strohgedecktes Haus zeichnete sich ab. Das Licht kam aus dem Fensterviereck.

«Gott sei Dank!» entfuhr es den Lippen des Reiters. «Wo Licht ist, gibt es Menschen, gibt es Wärme und ein trockenes Lager.»

Der Hund schien nicht gewohnt, in dieser Einsamkeit Wächterdienste zu leisten. Als der Reiter sein Pferd anhielt und abstieg, schnupperte er winselnd an den Stiefeln herum.

Ein kleines, hölzernes Hoftor war vom Sturmwind aufgerissen worden. Der Reiter trat hinein, indes das Pferd sich an einen Heuhaufen heranmachte, den man im Sommer da draußen aufgeschichtet hatte. Von der weißgekalkten Hauswand hob sich im nächtlichen Schimmer die dunkle Türe ab. Der Reiter trat darauf zu und klopfte an. Einen Augenblick war ihm, er höre gedämpfte Stimmen. Holz knarrte, und vor dem Lichtschein, der aus dem Innern drang, stand die dunkle Gestalt eines Bauern, der die Türöffnung versperrte. Der Fremde bat:

«Laßt mich eintreten und in Eurem Hause Unterschlupf nehmen für diese Nacht. Ich habe mich auf dem Weg nach Bangor Erris im Sturmregen verirrt.»

Zum Erstaunen des Bittenden wich der Bauer nicht von der Schwelle. Er musterte mit etwas vorgehängtem Kopfe den Fremden und seine vornehme Kleidung. Einen Augenblick hörte man nur das Prasseln des Regens. Dann aber trat die Gestalt im Türrahmen rückwärts, schloß das Tor halbwegs und sagte mit gepreßter Stimme:

«Herr, es geht nicht! Meine enge Hütte ist voll besetzt. Einen vornehmen Herrn wie Sie kann ich ohnehin nicht in meine arme Stube über Nacht aufnehmen. Wenn Sie wieder hinunter ins Talsträßchen reiten und

dort den Weg links fortsetzen, sind Sie in einigen Stunden beim Gasthaus von Belderg. Guten Weg!» –

Damit klappte das Tor zu, und der Reiter hörte das Vorschieben des Riegels. Da stand er in der Finsternis, in der Kälte. An der herabhängenden Hand spürte er plötzlich die warme Schnauze des Hundes, der ihn offenbar als Freund angenommen, da sein Meister mit ihm gesprochen hatte. Mit der Enttäuschung überkam ihn seine elende Erschöpfung. Gewiß, wenn er jetzt weiterritt, würden ihn seine Kräfte verlassen. Er könnte diese Nacht nicht überleben. Und da bäumte sich etwas in ihm auf:

«Wie kann dieser Bauer einem verirrten Fremden bei solchem Wetter das nächtliche Gastrecht verweigern? Er muß doch wissen um die Gefahren des Moorweges in solcher Sturmnacht! – Nein, so laß' ich mich nicht fortjagen!»

Im Zorne tastete er einen Augenblick nach der Waffe, die er auf der Brust unter dem Kittel trug. –

7

«Nein, ich muß nochmals mit ihm reden, und wenn ich in der Asche liegen müßte; diese Mauern retten mir das Leben!»

Er drehte die Reitpeitsche um und schlug mit dem Knauf an die Eichenbretter. Von drinnen ertönte der Aufschrei einer Frauenstimme. Die Türe wurde jäh aufgerissen. Wiederum stand die dunkle Gestalt im Rahmen. Eine zornige Stimme fuhr den Ruhestörer an:

«Ich hab's gesagt, daß es nicht geht. Ich habe meine Gründe, niemand in mein Haus aufzunehmen. Gerade nicht in *dieser* Nacht!»

In strenger Würde antwortete ihm jetzt der Fremde:

«Wollt Ihr das Leben eines Menschen in *dieser Nacht* auf Euer Gewissen laden? – Gebt mir die kleinste Ecke auf dem Boden Eurer Hütte! Ich bin's zufrieden. – Dies bitte ich bei der heiligen Jungfrau und Brigitta! Laßt mich ein!»

Es lag etwas in der Bitte des Fremden, das den Zorn des Bauern brach. Seine Arme, die er an den Türrahmen gestemmt hatte, glitten sachte abwärts. Er kämpfte mit sich selbst. Stoßweise kamen die Worte heraus:

«Sie bitten um der Jungfrauen willen... So hören Sie: Meine Frau liegt drinnen in den Wehen ihrer ersten Kindsgeburt. Eine Verwandte ist bei ihr. Wir haben nur die eine Stube und das eine Bett. Bald ist es soweit. Nun denn, treten Sie ein in der Jungfrau Namen! – Hinter dem Haus ist ein Verschlag, der meinen zwei Kühen Schutz bietet. Ich stelle Ihr Pferd gleich dort hinein.»

Damit gab der Bauer den Eintritt frei, geleitete den Fremden in den warmen, dämmrigen Raum und wies ihm eine kleine, niedere Bank beim Kamin an. Der Reiter gewahrte im trüben Licht mit einem flüchtigen Blick das Bett im hintersten Stubenwinkel und eine schwarzgekleidete alte Frau, die sich darüber beugte. Ihm war, er vernehme ein unterdrücktes Stöhnen. Aber er wandte sich dem Torffeuer zu, setzte sich mit abgewandtem Gesicht auf die Bank und wärmte seine steifen Hände. In der warmen Luft fühlte er die kaltnasse Feuchte seiner Kleider.

Als der Bauer wieder hereintrat und ihm zunickte, flüsterte der Fremde:

«Ich hole etwas Trockenes aus meiner Reisetasche.»

Doch der Bauer hatte schon beim Feuer einen Milchkrug ergriffen und forderte auf:

«Trinken Sie vorerst etwas warme Milch, die tut gut!»

So setzte sich der durchfrorene Reiter wieder hin und trank begierig aus dem Krug. Es war ihm, neues Leben würde in ihm aufglühen. Er lehnte sich an die Wand, schloß die Augen und versuchte, für eine Weile das Flüstern und Stöhnen im Hintergrund zu überhören. Wie das Gefühl in seine Glieder zurückkehrte, spürte er, daß ihm Wasser in die Stiefel geronnen war. Er stand sachte auf, um seine mitgebrachte, trockene Wäsche zu holen, und trat ins Freie. Draußen hatte ein starker Wind die Wolken aufgerissen. Der Sturmregen war vorbei. Der Reiter begab sich hinters Haus in den Verschlag, wo er sein Pferd auf trockenem Boden hingelagert fand. Er schnallte die lederne Reisetasche ab und wechselte, auf der Flanke des Pferdes sitzend, so gut es ging, seine Kleider. Als er wieder ins Haus treten wollte und die Hand schon am Türgriff hatte, wandte er seinen Blick noch einmal zum Himmel, wo Sterne sichtbar geworden waren und ein schwach halber Mond über dem Gebirge stand, der wohl bald unterging. Mit eins durchfuhr den Reiter der Gedanke: Unter was für Sternen kommt wohl dieses Bauernkind zur Welt? Denn mit der Sternkunde hatte er sich sein Leben lang viel beschäftigt. Wie er den immer freier werdenden Himmel beobachtete, gewisse Sterne in ihrer Stellung zum Monde verglich, erschrak er. Aus dem Innern des Hauses hörte er eben einen Aufschrei. Er riß die Tür eine Spalte weit auf und rief eindringlich:

«Bauer, kommt heraus zu mir! Ich muß Euch etwas Wichtiges sagen!»

Verwundert streckte der Gerufene den Kopf heraus und antwortete:

«Kommen Sie herein, wir können auch drinnen leise miteinander sprechen!»

«Eure Frau hat geschrien. Ist das Kind da?»

«Nein, sie hat es schwer; aber es wird bald da sein. Die Wehen bedrängen sie sehr.»

Da faßte der Fremde den Bauern an der Brust, zog ihn über die Schwelle heraus, daß die Tür hinter ihm zuschlug, und rief:

«Bauer, so Euch das Schicksal des Neugeborenen lieb ist, versucht die Geburt hinauszuschieben! Die Hebamme soll alles versuchen, daß das Kind erst in einer Stunde da ist!»

Der Bauer befreite sich energisch vom Zugriff des Fremden und wich zurück:

«Was ist mit Ihnen, Herr? Sind Sie von Sinnen? Lange genug quält sich meine Frau. Da sollen wir ihr nicht behilflich sein? Sie hinhalten?»

Der Reiter sah ein, daß er für diesen einfachen Menschen zu weit gegangen war. Wie sollte er ihm jetzt sein Wissen über die Sterne erklären?

Er stammelte:

«Die Sterne der Geburt stehen schlecht, und der Mond strahlt Unglück. Armes Kind!»

In diesem Moment ertönte aus dem Hause ein neuer Schmerzensschrei. Der Bauer stürzte hinein. Eine kurze Weile noch starrte der Reiter in die Sterne und flüsterte zu sich selbst:

«Wenn der Mond *unter* dem Horizont wäre!»

Als er eintrat, war Stille im Raum. Mit einem flüchtigen Blick glaubte er wahrzunehmen, wie die Hand des Bauern zärtlich über die Stirne der Gebärenden fuhr. Er begab sich auf seine Bank bei der Feuerstelle. Jemand hatte in einer Schale zwei warme Kartoffeln für ihn hingelegt. Noch kaum je in seinem Leben hatte ihm ein nächtliches Mahl so gemundet wie diese rauchduftenden Kartoffeln. Sachte lehnte er sich an die Wand und streckte die Beine lang. Er wollte wachbleiben, den Augenblick der Geburt nicht verpassen und dann die Gestirne prüfen gehen. Aber all die aufgepeitschten Kräfte des kaltnassen Rittes und jetzt die wohlige Wärme und das Knistern des Eichholzes, das der Bauer im Kamin nachgelegt hatte, woben den Mantel des Schlafes um ihn. Sein Kopf, an die Wand gelehnt, sank ihm auf die Schulter herab. Er entschlummerte. Einmal fuhr er kurz auf: der hohe Schrei einer Kinderstimme. Halb im Schlaf entfuhren ihm die Worte: «Es ist da!» Zwei-, dreimal schwankte sein Kopf hin und her, als ob er sich erheben wollte; aber sogleich fiel er wieder in tiefen Schlaf.

Morgenschein dämmerte durch das kleine Fenster des Raumes und mühte sich, dem immer noch brennenden Öllicht beizustehn, das Hütteninnere zu erhellen, als der Reitersmann erwachte. Seine Glieder, halb auf dem Boden, halb auf der Bank ruhend, schienen wie verrenkt zu sein. Ein unentwegtes Kinderweinen brachte ihn vollends zu sich selber. Er zog seine Füße in kauernde Stellung zurück und blickte umher. Der Bauer, der am Bette seiner Frau saß, hatte die Bewegung des Fremden wahrgenommen. Er trat auf ihn zu und sprach mit froher Stimme:

«Ein gesundes Bübchen, Herr!»

Ohne einen Glückwunsch zu geben, fragte der Fremde unvermittelt:
«War der Mond untergegangen?»

«Ach, Herr, Sie haben mir diese Nacht beinah Furcht eingeflößt. Ja,
ich bin wirklich gleich hinausgegangen, als der Kleine da war. Nur noch
ein halbes Horn des Mondes hat über den Berg geguckt. Sie waren noch
nicht lange eingeschlafen. Die Hauptsache: Mutter und Kind sind wohlauf!»

Der Fremde wandte sein Gesicht zur Seite. Schatten legten sich über
seine Augen, und eine tiefe Falte grub sich in seine Stirne. Der Bauer gewahrte, wie er erblaßt war. Plötzlich stand der Herr auf, ging hinaus und
kehrte nach einer Weile mit seiner Reisetasche zurück. Er entnahm ihr ein
ledernes Etui. Als er es öffnete, schien dem Bauern, es wären auch Fläschchen und Siegelzeichen darin. – Die Mutter hatte den Kleinen an die Brust
genommen; aber ihr Blick heftete sich fragend auf den Fremden, und die
Frau in Schwarz starrte auf sein Tun, als ob sie bösen Zauber vermutete.

Jetzt riß der Fremde aus einem schmalen Notizblock ein Papier und
begann in kleinen Lettern darauf zu schreiben. Als er geendet hatte, bat er
den Bauern um eine Nuß. Zufällig hatte die Verwandte solche hergebracht.
Mit einem Federmesser öffnete er eine der größeren sorgfältig und zerlegte
sie in ihre beiden Schalen. Er aß den Kern und putzte mit dem Federmesser
die Reste der braunen Innenhülsen heraus. Nun knüllte er das beschriebene
Blatt zusammen und stopfte es in eine der Schalen. Eine rote, leinene Schnur,
wie sie auch für Siegel verwendet werden, verknotete er an beiden Enden
und legte den Knoten in die andere Schale. Einem Fläschchen entnahm er
Leim und verklebte die beiden Hälften. Zum Trocknen legte er sie in die
Nähe des Feuers. Endlich sprach er:

«Ihr seid verwundert über mein Tun. Ich lasse diese Nuß hier zurück
für Euren Sohn. Bewahrt sie gut auf! Wenn in seinem siebenten Jahr der
erste Milchzahn von ihm geht, dann sollt Ihr ihn lehren, diese Nuß stets
bei sich, um den Hals, zu tragen. Er darf nicht damit ins Wasser steigen
und sie nie öffnen bis zu seinem 21. Geburtstag. Dann soll er sie aufbrechen
und lesen, was darin geschrieben ist. Es wird ihm davon ein großer Trost
zukommen.»

Der kleine Erdenbürger, dem die Mutter den Namen *Liam* gab, war
beim Trinken der Muttermilch friedlich eingeschlummert. Ernst schaute
jetzt der Bauer dem fremden Reitersmann in die Augen und sprach:

«Im Namen der heiligen Jungfrau sind Sie eingetreten. Gewiß stehen in der Kapsel Worte des Segens. Ich will es genauso tun, Herr, wie Sie es sagten; denn ich sehe, Ihr Herz hat am Schicksal unseres Kindes Anteil genommen. Mir ist, ein guter Engel habe Sie durch den Sturm zu uns gesandt. Habt Dank! – Und hier, trinkt noch etwas Milch und eßt aus der Schüssel vom Porridge, Ihr Weg ist weit!»

Der Reiter mußte sich zwingen, die freundliche Einladung anzunehmen. Am liebsten wäre er gleich weggeritten, um nicht in ein Gespräch gezogen zu werden, doch wollte er seinen glücklichen Gastgeber nicht kränken. Er sah wohl, daß dessen Vaterfreude größer war als der Schatten der Zukunft, den er hatte werfen müssen. Stumm und hastig schlang er den Hafer hinunter und leerte die Schale Milch. Der Bauer ließ es sich nicht nehmen, ihn hinauszubegleiten, ihm beim Aufsteigen das Pferd zu halten, dem er vor einer Weile schon einen Eimer Wasser vorgesetzt hatte. Der Wind hatte völlig nachgelassen. Die dunklen Wolken waren an ein fernes Gebirge zurückgewichen. Eine verhängte Dezembersonne verbreitete ihren rötlichen Glanz über das Gelände. Im Trab ritt der Reiter den Pfad abwärts, der dem Moorweg zuführte. Die gefährlichen Wasser- und Sumpflöcher spiegelten den feurigen Wolkenglanz. Einige Möwen flogen erschrocken auf. Als der Reiter den Blick nochmals zurückwandte, sah er das helle, kleine Bauernhaus. Ein bläulicher Rauch kräuselte sich aufwärts aus dem Kamin. Bild des Friedens, des Glücks! Er hielt das Pferd an und umfaßte die rotleuchtende Landschaft mit bewunderndem Blick; aber in seinem Innern war ein wissender Schmerz geblieben und trübte die Freude des Schauens. Bald trieb er sein Pferd im Galopp auf den Weg nach Bangor Erris.

Monate waren vergangen. Im Drange der Geschäfte verblaßte das Erlebnis der Sturmnacht. Nach und nach sank es ins Vergessen, wie so vieles im Leben versinkt.

Jahr um Jahr ging durchs Land. Der kleine Liam wuchs heran. Er hatte auch Brüder und ein Schwesterchen gekriegt. Als der Vater am Haus für die Kinder einen kleinen Anbau aufrichtete, trug der Älteste Stein um Stein herbei. Er half beim Neueindecken des Strohdaches, und besonders glücklich war er, wenn im Frühjahr, zur Osterzeit, das Haus neu gekalkt wurde. Eifrig half Liam, die trüben Winterflecken mit weißer Kalkmilch zu übertünchen. Als er noch klein gewesen war, hatte er einmal den Vater gefragt:

«Kann man die Menschen nicht auch anstreichen und weiß machen? Dann brauche ich mich nicht mehr zu waschen!»

Als er schon sechs Jahre alt war, sprach der Vater zu ihm:

«Liam, am nächsten Sonnabend stehen wir früh auf. Du kannst mir helfen, das Schwein auf den Markt treiben zum Verkauf. Vom Erlös kann ich dem Landlord das Pachtgeld zahlen.»

Liam verstand nicht, was der Vater meinte. Geld hatte er in seinem Leben noch keines gesehn. Es war das erstemal, daß er in ein Dorf kam und mit eigenen Augen sah, daß es auf der Welt noch andere Häuser hatte. Es gab da auch ein Riesenhaus mit einem Kamin ohne Rauch.

«Warum hängt eine Glocke im Kamin?» fragte Liam.

«Weil es ein Kirchturm ist.»

Auf einem Platze hatte es viele Menschen und angebundene Tiere, und wenn die Menschen über die Tiere sprachen, zuckten sie so seltsam mit den Händen herum. Dem sagte der Vater «der Markt». Mit Erstaunen bemerkte Liam, wie Vater einem andern Manne das Schwein weggab und dafür nur so kleine Papierchen kriegte und drei runde, harte Scheiben, die man nicht einmal essen konnte! In einem Hause, das der Vater «Office» nannte, gab er die Papiere wieder weg. Dann trat er mit ihm in eine große Stube voll Herrlichkeiten zum Essen und zum Anschauen. Sie waren alle auf Gestelle getischt oder standen auf dem Boden. Der Vater tauschte für die Scheibchen Öl und Kerzen ein. Das letzte Stück auf dem Heimweg trug ihn der Vater auf den Schultern, da er nicht mehr Schritt halten konnte vor Müdigkeit.

Seit diesem Marktbesuch dachte Liam oft darüber nach, daß es viele Dinge in der Welt gebe, die er nicht kenne. Einmal erzählte ihm der Vater, daß es ein großes Wasser gäbe und schlanke Häuser, die darauf herumfahren, und daß der Wind sie fortblase. – So erwachte in Liam eine leise Sehnsucht, später einmal in die Welt hinauszuziehen.

Eines Abends saß die kleine Familie um den rohgezimmerten Tisch beim Kartoffelmahl. Jedes der Kinder erhielt dazu eine schmale, harte Brotkante. Als Liam kräftig in die seine biß, juckte er auf, griff in den Mund und hielt den ersten Zahn zwischen Daumen und Zeigefinger; er hatte ihn herausgebissen. Die Tränen traten ihm in die Augen:

«Jetzt geht mir der Mund kaputt!» jammerte er.

Die Mutter tröstete:

«Da wächst dir ein viel größerer und schönerer Zahn nach. Und damit er gut kommt und du groß und stark wirst, wird dir der Vater etwas schenken.»

Liam staunte, als der Vater aufstand und über dem Kamin aus der Wand einen lockeren Stein herausnahm. Er griff in die Öffnung und zauberte eine runde Kugel an roter Schnur hervor. Als der Vater den Stein wieder einsetzte, meinte Liam, darauf ein kleines, eingeritztes Kreuz zu erblicken, dem er vorher nie Beachtung geschenkt hatte.

«Hier, Liam», sprach der Vater mit ernster Stimme, «diese Kugelnuß hänge ich dir jetzt um den Hals. Du sollst sie Tag und Nacht und allezeit tragen. Gib acht, daß sie nie zerbricht, und halte Wasser von ihr fern. Sie soll dir Glück bringen.»

Liam wußte nicht, wie ihm geschah. Der Vater war so feierlich, als er ihm die rote Schnur um den Hals legte. Ja, gewiß, er wollte Sorge tragen, daß der Kugel nichts geschehe.

Einige Zeit später sprach der Vater zu Liam:

«Nun bist du alt genug, daß Mutter dir einige Buchstaben beibringt, damit du lesen und schreiben lernst. Willst du das?»

«Sind das diese kriechenden Wurmzeichen im Gebetbuch der Mutter? Ja, die mag ich gern, weil auch schöne Bilder dabei sind.»

Sieben Jahre später war Liam zu einem klugen, kräftigen Burschen herangewachsen. Dem Vater stand er bei allen Arbeiten kräftig bei. Zu zweit deckten sie das neue Strohdach. Auf dem Acker freute sich der Vater, wenn der Älteste den Pflug tief in die Erde stemmte. Das Vordach für das Vieh hatten sie gemeinsam zu einem Stalle ausgebaut. Es standen drei Kühe und zwei Schweine darin, und auf der Heide weideten an die zwanzig Schafe. Liam hatte seine Schlafstätte oben unter dem Strohdach, wo er mit dem Vater Holzbretter eingeschoben hatte. Wenn er da oben sich abends auf den Strohsack legte, nahm er immer, wie seine Mutter ihn gelehrt hatte, die Kapsel zwischen beide Hände, wenn er sein Nachtgebet murmelte. Dann spielte er öfters noch eine Weile behutsam mit der Nuß und fühlte ihre feinen Rinnen. Oftmals drehte er sie herum, bis ihm die Schnur fest den Hals umschloß. In letzter Zeit hatte er sich öfters Gedanken gemacht, woher sie stamme. Als der Vater sie einmal vom

Halse nahm und genau überprüfte, ob der Leim auch gut halte, fragte Liam unvermittelt:

«Vater, darf sie denn nie geöffnet werden?»

Mit seltsam ernsten Augen antwortete dieser:

«Doch, in sieben Jahren, an deinem 21. Geburtstag darfst du sie öffnen!»

«Vater, wer hat sie denn gebracht?»

«Der Sternenreiter!»

Liam merkte wohl, daß der Vater ihm jetzt keine weitere Auskunft geben wollte; denn er stand plötzlich auf und ging vors Haus. Liam aber hängte die rätselhafte Nuß wieder um seinen Hals.

Im späteren Sommer kam für Wochen ein wandernder Hauslehrer zur Bauernfamilie, wie sie damals umherzogen. Es war ein ausgedienter Soldat. Er brachte Liam und seinen Geschwistern nicht nur Rechnen, Lesen und Schreiben bei, sondern sang auch Lieder mit ihnen und wußte viele Geschichten und Sagen aus alter Zeit zu erzählen. Immer wieder bestürmte ihn Liam, wenn sie allein waren, mit Fragen über Welt und Menschen. Als der Wanderlehrer wieder schied, war Liam viel reifer und ernster geworden. Das Verlangen, in die Welt zu gehen, hatte sich bei ihm verstärkt.

Es war an einem warmen Herbstabend des Jahres, da Liam neunzehnjährig werden sollte. Er begab sich nach strenger Arbeit auf dem Acker von der Hütte weg zu einem höher gelegenen kleinen Bergsee. Eigentlich war es ein Moorwasser-Teich, in dem er und seine Brüder von Zeit zu Zeit badeten. Bei einem bestimmten Steine legte er jeweils sein Angehänge nieder. Heute wollte er allein sein. Hemd und Hose warf er auf das blühende Erikagesträuch. Er trat zum Wasser. Der dunkle Torfuntergrund warf eine deutliche Spiegelung herauf. Ruhig lag die Fläche vor ihm. Liam schaute sein eigenes Bild. – «Das bin ich?» – Der helle, sonnenbeschienene Körper leuchtete ihm klar entgegen. Er öffnete langsam die Arme, bewegte sie in mancherlei Gesten und belustigte sich an den Spiegelgebärden des Wasserjünglings, der dasselbe tat. Weiße Wölklein spielten um sein rotblondes Haar. Liam kniete nieder. Sein Antlitz wollte er von ganz nahe betrachten, in seine Augen schauen. Da berührte die herabhängende Kapsel die glatte Wasserfläche. Kleine Wellen bewegten und verzerrten neckisch sein Antlitz zur Grimasse, daß er lachen mußte. Ein elastischer Sprung! Er platschte in sein verzerrtes Bilderbuch und schwamm mit kräftigen Zügen im lau- warmen Moorwasser. Die Nuß hatte er vergessen abzulegen. Nach kur- zem Bad streckte er sich ins Heidekraut nieder, schloß die Augen. Bienen summten. Es duftete nach Honig. Ein leichtes Kitzeln auf einem Knie ließ ihn die Augendeckel heben. Ein Schmetterling tänzelte herum, hielt still und wendete die Flügel der Sonne zu. Liam blieb regungslos. Jetzt flog der bunte Besucher auf und setzte sich, nach einigen Flatterbewegungen, auf die Nußkapsel, dicht vor Liams Augen. Seine Flügel waren schwarz gerändert und trugen blutrote Tupfen. Leise tastete der Jüngling mit vor- gestrecktem Zeigefinger gegen den Falter. Zu gerne hätte er ihn auf die Hand gelockt. Da flatterte er auf, zog einen Kreis um sein Haupt und verschwand.

Liam faßte die Kapsel und drehte sie am Schnürchen, wie er es oft getan. Vielleicht preßte er heute kräftiger daran als sonst, oder der Leim war vom Teichwasser etwas aufgeweicht. Plötzlich hielt er zwei Schalen in der Hand. Ein Papierkügelchen rollte auf seine Brust. Das hatte er nicht gewollt. Sollte er die beiden Hälften gleich wieder zusammenfügen und den Leim an der Sonne trocknen lassen? Er zögerte und spähte rund um den Moorteich in die Heidelandschaft. Doch da war der gleiche warm summende Friede wie vordem.

«An deinem 21. Geburtstag darfst du öffnen und lesen», klang ihm die Vaterstimme ernst ins innere Ohr. Er griff nach dem Kügelchen. Hitze stieg ihm in den Kopf. Sein Puls pochte an Hals und Schläfen.

«Es ist nicht meine Schuld, daß die Kapsel nicht gehalten hat. Ist es vielleicht Gottes Wille, daß sie aufgegangen? Soll ich schon heute wissen, was für ein Geheimnis sie birgt?»

Mit zitternden Fingern begann er das Papier zu entfalten, das klare Schriftzeichen trug. Er hatte sich kniend aufgerichtet. Noch einmal ein hastiger Blick über Teich und Heide. Er begann zu entziffern. Im Lesen erblaßte er. Entsetzen grub sich in sein Antlitz. Die Augen öffneten sich in glasstarrem Blick. Das Blatt entglitt seiner bebenden Hand und schaukelte wie ein Falter nebenan zu Boden. Liams Brust entrang sich ein Schrei. Er warf sich vornüber, krallte die Finger im Heidekraut fest, als müßte die Erde ihm jetzt Halt geben, und dann schüttelte ein heftiges Schluchzen seinen Leib. In halb erwürgten Lauten preßte er heraus:

«Nein! – N-e-i-n!» Dann bohrte sein Haupt sich ins Heidekraut.

Liam riß sich hoch, als plötzlich ein kalter Schauer über ihn fuhr.
Eine Wolke hatte die Sonne überzogen. Auf dem Teich kräuselte kühler
Abendwind kleine Wellen. Noch einmal beugte er sich über das vergilbte
Blatt, las nochmals die entsetzlichen Worte:

«Du bist unter verhängnisvollen Sternen geboren worden. Wisse, an
deinem 21. Geburtstag wirst du um eines Verbrechens willen gehängt
werden, obwohl du unschuldig bist. Diese Zeilen seien dein Trost in
der Nacht vor deinem Tode. Ein Mensch kennt deine Unschuld –
und Gott.»

C. B.

Tonlos flüsterte Liam: «Der Sternenreiter...»

Dann griff er nach den beiden Schalen, die im Heidekraut lagen. Er
knüllte das Papier zu einer Kugel, legte sie mit dem Knotenende der Schnur
hinein und drückte mit seinen heißen, gefalteten Händen die Hälften auf-
einander. So kniete er eine Weile. Er dachte zu beten, aber er fand die Worte

nicht. Tränen strömten unaufhaltsam über seine Wangen. Nur eine Stelle aus dem Vaterunser kam ihm auf die Lippen:

«Dein – Wille – geschehe!»

Der Wind war stärker geworden. Liams Haut erkühlte. Langsam löste er die Hände voneinander. Die Kapsel hielt und hing wie zuvor an seinem Halse. Nachdem er sich angekleidet hatte, faßte seine Rechte unter dem Hemde die Kugel, um mit der wärmenden Hand den Leim zu härten. – Nein, nach Hause konnte er jetzt nicht. So begann er ziellos über die Heidehügel zu wandern. Die sinkende Sonne vergoldete das Gelände, die Hügel. Liam hatte bis heute nie erlebt, daß die Schönheit der leuchtenden Welt Schmerzen bereiten kann, und er war irgendwie froh, als es zu dunkeln begann. Ohne Weg und Ziel begann er zu wandern. Seltsam, er stand auf einmal wieder am nächtlichen Bergsee. Rußschwarz lag dieser zu seinen Füßen, ein dunkler Schlund des Vergessens. Er näherte sich ganz dem Rande, so daß es leise unter seinen Füßen abbröckelte.

«Oh, könnt' ich jetzt auslöschen wie der See! Versinken im Wassergrund!»

Da gewahrte er im dunklen Spiegel zwei helle Punkte. – Sterne? Ja, oben standen die beiden am Himmel, und nach und nach tauchten andere auf. Kindhaft stieg in Liam die Frage auf:

«Was hab' ich getan, Sterne, daß ihr mich straft?»

Ihm war plötzlich gewiß, daß seine Eltern nie etwas erfahren durften, von dem, was ihm heute kund geworden.

«Fern will ich sterben, weit weg von der Heimat!»

Es war tiefe Nacht, als Liam nach Hause kam. Die Mutter war noch aufgeblieben. Sie hatte sich über sein Ausbleiben geängstigt. Er gab vor, beim Bergsee eingeschlafen zu sein. Die Mutter sorgte:

«Der Abend ist kalt geworden. Gewiß hast du dich erkältet. Hier, nimm meine warme Decke. Hüll dich gut ein! Schlaf wohl!»

Liam wehrte nicht ab. Die Güte der Mutter konnte er jetzt nicht zurückweisen. Nachdem sie ihn mit warmer Milch gelabt, stieg er rasch hinauf auf sein Lager unter dem Dache. Im Einschlafen umfaßte seine Rechte die Todeskapsel, und dann lauschte er auf die Schläge seines Herzens, das so kräftig die Melodie des Lebens pochte.

In den folgenden Wochen fiel besonders der Mutter auf, daß sich

Liam verändert hatte. Er war so ernst und schweigsam geworden, lachte und scherzte kaum noch mit seinen Geschwistern. Aber der Vater rühmte, wie unbändig der Bursche arbeite. Ja, der würde überall in der Welt gut vorankommen.

Es war am Abend von Liams 19. Geburtstag. Die Geschwister schliefen schon alle. Vater, Mutter und ihr Ältester saßen am Kamin und zupften Wolle. Unvermittelt fragte Liam:

«Vater, du hast mir früher einmal etwas von einem Sternenreiter gesagt, der meine Kapsel geschenkt hat, als er in der Nacht meiner Geburt hier im Hause weilte. Wie sah denn dieser Reiter aus? Hatte er ein gutes Angesicht?»

«Ja, das ist nun schon lange her, davon kann ich dir heute erzählen.»

Und nun berichtete der Vater Zug um Zug die Geschehnisse jener Sturmnacht.

«Und hier auf dieser Bank, worauf du sitzest, Liam, hat der vornehme Herr die Nacht zugebracht. Sein Angesicht? – Als er am Kamin saß, öffnete er auf einmal aus dem Schlaf heraus seine dunklen, funkelnden Augen. Es waren strenge, aber gute Augen. Ich glaube, daß er Menschen sehr lieben konnte. Er wollte uns auch helfen. Seine Stimme, sein Herz waren bewegt, als er mir die Kapsel reichte. Als er fortgeritten, fand ich unter dem Milchkrug am Kamin ein Goldstück von ihm hingelegt. Dafür konnten wir drei Schafe kaufen, und heute sind's zwanzig geworden. Ein weiser Herr, ein guter Herr! Eine Weile schien er mir in jener Nacht, als er draußen so schrie, irrsinnig zu sein. Vielleicht hat er sich das mit den Sternen so ausgedacht oder eingebildet. Ich weiß nicht. Aber ernst ist's ihm gewesen, dem Herrn; hat ein tolles Pferd gehabt, edle Rasse.»

Als Liam in der Giebelkammer in der folgenden Nacht auf seinem Strohsack lag, fand er lange keinen Schlaf. Er warf sich von der einen Seite auf die andere, daß es mitunter im Gebälk knackte. Als er endlich schlief, stöhnte er laut auf und redete hastige, unverständliche Worte. Der Vater, der darob erwachte, stieg im Dunkeln die Leiter hinauf zu Liam, legte seine Hand auf ihn und fragte:

«Bist du krank? Was fehlt dir? Dein Schlaf ist so unruhig. Du wirst die Geschwister wecken.»

«Vater, mir fehlt nichts, hab' wohl schlecht geträumt.»

«Liam, denk an unser Kälbchen, das die Kuh geworfen hat, dann kommt ein besserer Traum.»

Als Vater wieder unten war, wußte Liam: Ja, ich muß fort, in die Fremde. Meine jüngeren Brüder arbeiten gut. Die Schande, daß ich öffentlich gehängt werde, soll nicht über meine guten Eltern kommen. Ich gehe bald. – Nach diesem Entschluß kam eine große Ruhe über ihn. Morgen wollte er darüber mit den Eltern sprechen.

Als er am frühen Tag mit dem Vater zum höher gelegenen Acker hinaufstieg, faßte er sich ein Herz:

«Heute bringen wir die letzten Kartoffeln ein, dann gibt's den langen Winter durch keine Arbeit, die meine Brüder nicht verrichten könnten. So laß mich, Vater, hinausziehen in die Welt, um draußen Arbeit und Verdienst zu suchen. Wenn ich etwas Geld beisammen habe, kann ich für euch die Pacht beim Landlord bezahlen.»

Der Vater blieb erstaunt stehen, musterte seinen Sohn und überlegte eine Antwort.

«Liam, ich will dich nicht fortschicken. Deine Mutter hängt so sehr an dir. Aber du hast recht, einmal muß es sein, und die diesjährige Ernte ist etwas mager ausgefallen. In der Welt wirst du dich gut durchbringen; nur warte noch bis Weihnachten. Sie ist bald da. Rede mit Mutter!»

Dies geschah am selben Abend. Der Entschluß Liams schien die Mutter nicht zu überraschen. Zwar wurde ihre Stimme weich, als sie sagte:

«Ich hab' es erwartet, Liam. Ich weiß, daß dieser Gedanke dir unruhige Nächte schuf. Versprich mir aber, daß du wiederkommst!»

«Ja, Mutter, so Gott es will, kehre ich wieder.»

Die nächste Zeit verdoppelte Liam sein Helfen. Für die Tiere erneuerte er das Stalldach, holte Weiden am Bach und flocht für die Schafe einen schützenden Färrich. Mit dem Vater drosch er Korn. Für seine Brüder schnitzte er Spielzeug und für das kleine Schwesterchen eine Puppe mit weißem Wollhaar. So kam Weihnachten heran. Der Heilige Abend war klar und kalt, als die Familie im leichten Schnee über den Bergsattel ins Nachbartal wanderte zur Mitternachtsmesse. Liam trug das Schwesterchen warm verpackt in einem Kartoffelsack, den er über den Rücken gehängt hatte. Es trieb Spaß mit ihm, zog ihn bald rechts, bald links am Ohr, wenn es die Richtung kommandierte. Vater und Mutter hielten je einen Jungen

an der Hand. Patrik, der Zweitälteste, wanderte mit langem Stock und Laterne als «Wegsucher» voran. Liam spürte, wie er sie alle vermissen würde.

«Sie sollen es nie erfahren, mein Unglück und meine Schande, wenn ich am Galgen sterbe. Weit fort wandere ich, nehme auch einen andern Namen an. So kommt nie eine üble Kunde zu ihnen zurück.»

Oben auf dem Bergsattel gab es eine kurze Rast. Aus der Ferne sah man von den verschiedenen Hängen Lichter der Talkirche zuwandern. Als die Glocken erklangen, kniete die Familie in den Bänken mit der Gemeinde. Weihrauch, Kerzenlichter, Gesang und Glockenton, und auf dem kleinen Nebenaltar die Figuren der Hirtenkrippe. Liam betete nicht für sich. Sein Schicksal war bestimmt; aber er betete für die Seinen, daß die Sterne ihnen gut gesinnt sein möchten.

Eine Woche später wanderte Liam ins neue Jahr, den Stab über die Achsel gelegt. Ein Bündel mit Kleidern und etwas Speise schwankte daran. Er schritt auf demselben Wege, der neunzehn Jahre zuvor den Sternenreiter herangebracht hatte. Einige Male wandte er sich um, den Seinen zurückwinkend, bis er um einen Hügelzug bog, und sein Vaterhaus verschwand. So verließ Liam den Norden Mayos und wanderte gegen Osten. Er kam in die Gegend von Sligo. Als Wanderbursche scheute er keine Arbeit, half einmal drei Wochen auf einem Hofe Torf stechen und arbeitete eine Weile bei einem Hufschmied. Eines Tages stieg ein Landlord bei der Schmiede ab, da sein Pferd unterwegs ein Eisen verloren hatte. Liam hielt beim Beschlagen den Huf des prächtigen Pferdes, indes der hohe Herr, auf einer Steinbank sitzend, der Arbeit zusah. Der Lord beobachtete, wie Liam seinem Pferde immer wieder beruhigend Hals und Mähne streichelte und wie dieses, wider seine Gewohnheit, sehr ruhig den Fuß hinhielt. «Ein guter Bursche», dachte der Lord, und er fragte den Schmied: «Hast du einen neuen Gesellen?»

«Nein», antwortete dieser, «mein Geselle ist für zwei Wochen seine Eltern besuchen gegangen. Für ihn hab' ich diesen Wanderburschen eingestellt.»

Als der Lord die Arbeit bezahlt hatte und Liam ihm Pferd und Steigbügel hielt, fragte der vornehme Herr unvermittelt:

«Und was tust du, wenn der Geselle wieder zurückkommt?»

«Herr, ich werde andere Arbeit suchen.»

«Komm zu mir. Mein Gärtner ist alt und kann deine starken Arme gebrauchen. Der Schmied wird dir erklären, wo du mich findest. Good bye!»

Und schon trabte der Hengst mit dem Lord davon.

Der Schmied hatte die Augen aufgerissen und sagte zu Liam:

«Du hast Glück gehabt! Lord Stanford ist reich und als Engländer nicht zu stolz, mit einem irischen Schmied und Bauern ein Gespräch zu führen.»

So trat Liam vom Schmied weg in den Dienst bei Lord Stanford, dem weite Gebiete dieser Gegend gehörten und in dessen Schloßgarten die Frühjahrspflanzung begonnen hatte. Als Liam dem alten Obergärtner vorgestellt wurde, bemerkte er einige Gehilfen, die lässig ihre Erdarbeit verrichteten. Der Obergärtner wies ihn an, mit diesen die Blumenbeete vor dem Schlosse herzurichten. Liam fiel auf: kaum war der Meister weg, trieben die Burschen Unfug, bewarfen sich mit Steinchen, setzten sich auf die Mauer, und bald war er allein am Arbeiten. Natürlich wurde er gleich gehänselt; aber Liam sprach:

«Ich tu's, wie ich's von zu Hause gewohnt bin.»

Allmählich merkte der Obergärtner, daß der Neue alle angewiesene Arbeit zuverlässig und rasch ausführte. Nach und nach gab es schwierigere

Arbeiten, und er lehrte ihn Bäume pfropfen und Rosen veredeln. Liam bekam immer größere Freude an seinem neuen Beruf und war darauf bedacht, seinen Meister zufriedenzustellen. So ergab es sich, daß er im nächsten Jahr zum Stellvertreter des Obergärtners eingesetzt wurde und daß die Gehilfen, die schon viel länger da waren, unter seiner Aufsicht ihre Arbeiten auszuführen hatten. Natürlich wurde er von ihnen beneidet, und mehr als einmal versuchten sie, Liam beim Obergärtner anzuschwärzen, zu verleumden. Einmal sollte er nicht aufgetragen haben, keimenden Samen zu begießen, der darob vertrocknete. Ein andermal entstand Feuer im Geräteschuppen, was man der Unachtsamkeit Liams zuschieben wollte. Doch der Meister durchschaute die Burschen und ließ Liam nichts zu Unrecht anhängen.

So ging der zweite Sommer auf Lord Stanfords Landsitz vorüber, und selbst die Gehilfen schienen sich mit der Vorzugsstellung des tüchtigen und kameradschaftlichen Liam abzufinden. Dieser hatte schon mehr Geld zurückgelegt, als sein Vater für die jährliche Pacht zahlen mußte. So dachte er daran, Ende Sommer, bevor ihn sein Verhängnis ereilen würde, sein Versprechen bei der Mutter einzulösen und noch einmal nach Hause zu gehen. Er sehnte sich, seine Lieben wiederzusehn, sie zu beschenken und sein verdientes Geld zu bringen. Wie gern wollte er noch einmal das stille, heimatliche Tal mit den rauschenden Wasserbächen durchwandern und ein letztes Bad nehmen im Moorteich inmitten der blühenden Heide. Denn er war felsenfest überzeugt, daß die Prophezeiung, die er mit sich herumtrug, sich erfüllen würde, obwohl ihm unerklärlich war, was für eine Schuld auf ihn geladen werden könnte. Es war nicht mehr viel Zeit zu verlieren; denn der Monat September neigte sich seinem Ende entgegen. So bat er denn, als die Früchte gepflückt waren, um einen Urlaub von vierzehn Tagen, um seine Eltern zu besuchen. Der Stallmeister, mit dem sich Liam gut gestellt hatte und der ihn gelegentlich auf einen Ritt mitnahm, war bereit, ihm für seine Reise ein Pferd zu leihen, damit der weite Weg weniger mühsam sei. Geschenke für Eltern und Geschwister hatte er besorgt und alles in eine alte Reisetasche verpackt, die ihm ebenfalls der Stallmeister geliehen.

Bevor Liam fortritt – sein Pferd stand gesattelt im Pferdehof –, suchte er im Park den Obergärtner auf, um sich von ihm zu verabschieden. Da schlich sich einer der Gärtnergehilfen, der faulste unter ihnen, an sein Pferd heran, öffnete unbeobachtet die Riemen der Reisetasche. Mit seinem Arm tauchte er tief hinab, schnürte die Riemen hastig zu und verschwand.

«Bis zum Gasthaus von Dromore für heute!» rief Liam beim Abschied dem Stallmeister zu, «und morgen geht's bis Ballina!»

Nicht dachte Liam jetzt an seine Kapsel, nicht an ein drohendes Verhängnis. Reine Freude der Heimkehr erfüllte seine Seele.

Am Tage nach der Abreise entdeckte die Frau des Lords, daß in ihrer Kassette ein wertvoller goldener Schmuck mit Edelsteinen fehlte. Sie rief den Kammerdiener herbei, der mit dem arglistigen Gärtnerburschen unter einer Decke steckte. Er zuckte zunächst die Achseln, bemerkte aber gleich:

«O Herrin, mir ist aufgefallen, daß gestern der Gärtnerbursche Liam, bevor er wegritt, plötzlich hier oben im Hausgang stand. Als er mich erblickte, eilte er rasch und verlegen die Treppe hinunter. Kurz darauf hörte ich sein Pferd forttraben!»

Dem Lord wurde dies alles erzählt, und er befahl gleich seinem jungen Neffen, der eben bei ihm zu Gaste weilte, mit zwei Reitknechten dem Dieb nachzusetzen und ihn gefesselt zurückzubringen. Mit den schnellsten Pferden jagten sie los.

Am zweiten Abend seiner Reise, zu später Stunde, als sich Liam in der Herberge von Ballina auf seine Kammer begab, hörte er draußen Pferdegetrampel. Bald darauf pochte es an seine Türe. Der Wirt stand mit der Laterne davor und hinter ihm im Halbdunkel drei Männer. Bevor sich Liam versah, drangen die drei in sein Schlafgemach, und mit Erstaunen erkannte er die ihm vertrauten Gesichter. Der junge Edelmann sprach ihn scharf an: «Heraus mit dem Goldschmuck, den du meiner Tante gestohlen hast!»

Liam erbleichte, trat unwillkürlich zwei Schritte zurück und sagte, durch die Überraschung verwirrt, in etwas zögerndem Tone:

«Goldschmuck? Ich weiß nichts davon. Hier ist mein Gepäck!»

Auf einen Wink des Edelmannes schütteten die Pferdeknechte den ganzen Inhalt der Reisetasche auf den Boden, alles, was Liam für die Seinen sorgfältig eingepackt hatte. Obenauf glitzerte der Goldschmuck. – Es geschah, was geschehen mußte. Liam wurde gebunden und in den Pferdestall gebracht, wo ihn die zwei Waffenknechte bewachten. Seine Kammer bezog der Edelmann. Auf hartem Steinpflaster lag Liam, mit einer Eisenkette

an einem Pferdering befestigt, und fand keinen Schlaf. Ja, so hatte es kommen müssen, und kein Mensch würde ihm glauben, daß er vom Goldschmuck nichts gewußt hatte. Am nächsten Tag wurde er auf sein Pferd gebunden und in das Gefängis der Stadt Sligo verbracht. Alles hatte man ihm weggenommen, einzig die Unglückskapsel unter seinem Hemd war ihm verblieben.

Nach zwei Wochen wurde er dem Untersuchungsrichter vorgeführt. Er versuchte in etwas matten Worten, seine Unschuld zu beteuern. Die Tatsachen sprachen gegen ihn. Liam wußte, daß zu dieser Zeit auf räuberischem Diebstahl die Todesstrafe stand. Wie der Schmuck in seine Reisetasche gekommen, das ahnte er; aber der Richter ging nicht auf Vermutungen ein, um so mehr, als das Faktum und die Zeugenaussage des Kammerdieners eindeutig klar waren.

Drei Tage vor Liams 21. Geburtstag war die öffentliche Gerichtsverhandlung angesetzt, an der ein Bezirksrichter aus Dublin das Todesurteil auszusprechen hatte. Liam harrte in schmerzlicher Ergebenheit diesem Tag entgegen. Wie gut, daß seine Eltern nie etwas erfahren würden! Sein Schicksal war es nicht, mit dem er haderte; aber daß er nicht noch einmal Mutter, Vater, die Geschwister und sein geliebtes Tal wiedersehen durfte, darüber grämte er sich in seiner engen Zelle.

Der Tag der letzten Gerichtsverhandlung war gekommen. Von überall strömten Neugierige heran. Vom Gesinde des nahen Schlosses Stanford waren einige dabei, auch die Gehilfen und der Kammerdiener. Eine Magd meinte: «So kommt es, wenn unbekannte Landstreicher sich rasch zu Liebkind machen und über andere gesetzt werden. Nicht einmal seine Eltern kann er nennen und weiß nicht, wo er geboren ist, der Schelm!»

Als man Liam in den Gerichtssaal führte, hatte der Richter eben einem anderen Gefangenen das Todesurteil gesprochen. Im Vorbeigehen sah Liam die angstvoll aufgerissenen Augen des verurteilten Pferdediebes und fand es seltsam, daß er selbst keine Furcht vor dem nahen Tode empfinden konnte. Er wurde auf eine Seitenbank verwiesen. Der Richter, nach dem Brauch jener Zeit mit weißer Perücke und schwarzem Mantel bekleidet, las in den Papieren und heftete einen langen, ernsten Blick auf den Angeklagten. Dieser hielt ihn aus, ohne mit der Wimper zu zucken. Jetzt rief man die Zeugen auf, die den Schmuck in der Reisetasche entdeckt hatten. Als der Richter Liam fragte, ob er dazu eine Erklärung abzugeben hätte, blieb er stumm. So kam denn der alte Gärtner zu Wort, der sich als Entlastungszeuge gemeldet hatte. Er rühmte die erprobte Ehrlichkeit und Zuverlässigkeit Liams. Noch einmal forderte der Richter den Angeklagten auf, sich zu äußern. Die guten Worte des Gärtners hatten Liams Mut gestärkt. Er erhob sich und trat vor den Richter. In der Nähe gewahrte er in dessen Augen einen warmen, menschlichen Glanz, wie er nur aus viel Mitleiden geboren werden kann. Auch diese Augen gaben ihm Mut. Ihm war, eine innere Stimme rufe ihm zu: «Sag ihm dein Geheimnis!»

Jetzt redete der Richter ihn an:

«Angeklagter, alle Beweismittel sprechen gegen dich. Was hast du noch als letztes Wort *vor* meinem Urteilsspruch zu bemerken?»

«Herr, ich kenne Ihren Urteilsspruch. In drei Tagen, an meinem 21. Geburtstag, werde ich zum Galgen gebracht.»

Der Richter fuhr überrascht zurück:

«Kannst du Menschengedanken lesen? – Wirklich, in drei Tagen kommt der Henker aus Dublin in diese Stadt. Nur mir ist dies bis jetzt bekannt gewesen. Er wird zwei Todesurteile vollstrecken, und deines ist dabei. Woher hast du, Angeklagter, dieses Wissen?»

Im Saale war es so still geworden, daß man das Summen einer Fliege gehört hätte. Mit einem Ruck zog jetzt Liam an der Schnur die Kapsel herauf, zerbiß die Nuß, trat zum Gerichtstisch heran, glättete vor den Augen aller Anwesenden das zerknüllte Papier flach und schob es unter die Augen des Richters. Alle Scheu war von ihm gewichen, und mit klarer Stimme sprach er, allen vernehmbar:

«Dieses Papier hat ein sternkundiger Mann geschrieben, der in der Nacht meiner Geburt in unserem Hause Zuflucht vor dem Sturm gefunden hat. Er gab es meinem Vater. Vom siebenten Jahre an mußte ich es immer um meinen Hals tragen. Vor zwei Jahren sind mir beim Baden die Schalen aufgegangen, und ich habe gelesen, daß ich an meinem 21. Geburtstag unschuldig erhängt würde, und dies ist in drei Tagen.»

Der Richter hatte das Papier in beide Hände genommen. Im Lesen erblaßte er, da er sogleich seine eigene Handschrift erkannte, unterzeichnet mit seinen Namensinitialen.

Im Saale herrschte atemlose Stille. Langsam senkte jetzt der Richter das vergilbte Blatt, neigte erinnernd sein Haupt. Und da waren sie vor ihm: die Bilder und Nöte jener Sturmnacht, die einsame Hütte, der Bauer und – die Gestirne. Jetzt sah er Liam in die Augengründe und fragte langsam, monoton:

«Weißt du oder wußte dein Vater, wer diesen Zettel geschrieben hat?»

«Nein, Herr, mein Vater hieß ihn den Sternenreiter und manchmal auch den Sturmreiter, da in jener Nacht ein schlimmes Sturmgewitter ihn zu unserem Hause getrieben.»

Der Richter hob sein Haupt und sprach laut, daß jedermann es vernehmen konnte: «Angeklagter, ich will dir sagen, wer dieses Blatt geschrieben hat – *ich selbst* war es!»

Durch den Saal ging ein aufatmendes Flüstern. Unterdrückte Worte des Erstaunens, des Mitleids flackerten auf. Der Richter wandte sich jetzt zu seinen Kollegen und Schreibern:

27

«Es waren unruhige Zeiten vor über zwanzig Jahren. Soldaten zogen raubend durchs Land; eine Fehde zwischen führenden Geschlechtern war ausgebrochen. Ich hatte eine dringende Botschaft aus Dublin in den Norden zu bringen, damit diese Gegend in einem Kriege sich nicht auf die falsche Seite schlage. Ich hatte auch auf der Belmullet-Halbinsel ein Schloß aufzusuchen, das meinen Verwandten, den Binghams, gehörte. In jener Sturmnacht fand ich unterwegs im Hause, wo der Angeklagte geboren wurde, Unterschlupf.»

Der Richter schwieg einen Augenblick; denn wie sollte er hier vor versammeltem Volk das Geheimnis preisgeben, daß die Sterndeuterei ihn beschäftigte. Er dämpfte seine Stimme, daß es nur die nächsten Umstehenden vernehmen konnten:

«Der Einfluß der Gestirne auf das menschliche Schicksal ist ein Wissen und Studium meiner Vorfahren, das auf mich gekommen ist. In deiner Geburtsnacht, Angeklagter, hatten die Schicksalsterne zum Mond eine selten schlechte Stellung, und ich wußte, daß dies in dreimal sieben Jahren zu einer Lebenskatastrophe führe. Ich konnte auch erkennen, daß dies anscheinend auf Geld oder Gut ging, dessen Schädigung schon damals mit dem Galgen bestraft wurde. Jede Verzögerung deiner Geburt hätte die Konstellation verbessert. Es konnte nicht mehr genügend geschehn. Mich übermannte die Erschöpfung, und so schrieb ich frühmorgens dieses Blatt, damit es dir Trost spende, wenn das Verhängnis über dich hereinbrechen mußte. – Nun aber erkenne ich, daß du doch außerhalb der Todeszone geboren worden bist. Ein gutes Geschick hat mich zu deinem Richter gemacht.»

In Liam begann das Blut zu rauschen, zu hämmern. Fast wurde ihm schwindlig beim Gedanken: Ich kann frei werden, leben, leben!

Der Richter erhob sich plötzlich, ließ seine Augen über die versammelte Menge schweifen und rief vernehmlich:

«Ich verkünde das Urteil! Es ist von Gesetzes wegen *unanfechtbar*. Der Angeklagte ist unschuldig! Er ist frei. Ein anderer muß gefunden werden, der diese schreckliche Tat ihm aufgelastet hat.»

Da gewahrte der Richter hinten im Saale ein erregtes Drängen. Eine Männergestalt wollte sich den Weg zur Türe bahnen, um zu fliehen. Mit Befehlston rief er laut:

«Kein Mensch verläßt jetzt den Saal! Derjenige, der eben verschwinden wollte, trete vor meinen Tisch!»

Es war der Kammerdiener, den jetzt der Türwächter nach vorne schob zum Richtertisch. Vor den klaren Augen des Richters gab es kein Leugnen mehr. Der Kammerdiener gestand sein Komplott mit dem Gärtnergehilfen, der ihn dazu angestiftet habe. Und er zeigte mit Fingern auf ihn, der seitwärts hinter einer hölzernen Säule stand. Die beiden wurden alsbald in Liams Zelle befördert und später zu Zwangsarbeit auf den Westindischen Inseln verurteilt.

Als der Richter die Verhandlung beendet hatte, stürzte ihm Liam zu Füßen und ließ seinen Tränen freien Lauf. Der Richter hob ihn auf, umarmte den Vielgeprüften und sprach:

«Grüße mir deinen Vater, deine Mutter! Danke jenem, der über den Sternen waltet. Er hat dem verhängnisvollen Gestirn eine gute Wendung gegeben.»

Ins Schloß Lord Stanfords war die Neuigkeit mit Windeseile gebracht worden. Als der alte Gärtnermeister und Liam Seite an Seite in den Hof traten, waren der Lord, seine Frau und das Gesinde zum frohen Empfang ins Freie getreten.

Kein Wunder, daß Liam in kurzer Zeit nicht nur der Gärtnerei vorstand. Der Lord erhob ihn bald, seiner Verläßlichkeit wegen, zum Verwalter seines großen Gutes.

Bevor dies aber geschah, durfte Liam unverzüglich die Reise zu seinen Eltern und Geschwistern antreten und seine alte Heimat wiedersehn. So kam es, daß er seinen 21. Geburtstag im stillen Tal, im kalkweißen Hause feierte. Die Geschichte seines Schicksals aber blieb unvergessen in Irlands Norden und wird weitererzählt bis zum heutigen Tag.

Anna Mc Loon

Die letzte keltische Märchenerzählerin

Unser kleiner, roter Fiat, ein Mietauto aus Dublin, fuhr in wendigen Kurven der Nordküste Irlands entlang. Die Grenze von Ulster war passiert. Unsere Blicke schweiften in die Küstenlandschaften. Mein Freund unterbrach das Schweigen: «Du willst also wirklich ins hinterste Donegal fahren, um deine Märchenerzählerin aufzusuchen, von der du nicht einmal sicher weißt, ob sie noch lebt?» – «Ja, ich möchte es unbedingt versuchen, Anna Mc Loon zu finden. An Märchen bin ich ebenso interessiert wie du als Musiker an Musik.»

«Mein Musikinteresse hat bisher in Irland schlafen können. Irlands Volksmusik ist ausgestorben. Die echten Barden, Sänger und Fiddler sind dahin!»

«Aber Anna Mc Loon soll die letzte große keltische Erzählerin sein. Eine eigentliche Bardin. In einem Reisebuch über Irland berichtet der deutsche Schriftsteller A. Johann, wie sie noch vor etwa zehn Jahren abendelang, tagelang ihre Schätze ausbreitete und sich nie wiederholte. In ihrem Tale erzählte sie an den langen Winterabenden aus ihrem Wundergedächtnis die alten Sagen aus einer Zeitwelt, die längst untergegangen ist. Weder lesen noch schreiben konnte Anna Mc Loon. Ihre Quellen sind unbekannt.»

«Das ist gewiß ein interessantes Phänomen, aber wie willst du den Weg dahin finden, und das im wilden, einsamen Donegal? Da kannst du ebensogut eine Stecknadel in einem Heuhaufen suchen.»

«Spotte nicht! Der Weg ist im Buche angedeutet. Ausgangsort ist das Dorf *Glentis*. Dort wird man sie kennen.»

«Und wenn sie gestorben ist, haben wir den weiten Weg für nichts gemacht und in dem Täler-Labyrinth von Donegal ein bis zwei Reisetage verloren.»

«Sollte sie nicht mehr leben, so können wir doch in ihrem stillen Tale wandern, uns ihre Hütte zeigen lassen und vielleicht Menschen begegnen, die uns von ihr berichten können. Diesen letzten Tropfen keltischer Vergangenheit muß ich aufsuchen!»

Endlich willigte mein Musikerfreund ein: «Also los, nach Glentis!»

Die Frage

Glentis! – Ein schlichtes Reihendorf irischer Prägung mit bunten Häuserfronten. Als wir langsam durch die Dorfstraße fuhren, hielten wir aufs Geratewohl an und parkierten am Straßenrande. Beim Aussteigen stand gerade der Milchmann vor uns und war im Begriffe, mit seinem Kessel in einen Hausflur zu verschwinden. Milchmänner kennen das Dorf und seine Leute. Meine Finger tippten an den Hutrand, als ich ihn fragte: «Bitte, können Sie uns vielleicht sagen, wo die Märchenerzählerin Anna Mc Loon zu finden ist? Sie soll nicht weit von Glentis wohnen.»

Der Milchmann schaute mich verdutzt an, als ob ich nach dem Kalb auf dem Monde gefragt hätte. Er ließ sich die Frage wiederholen, blickte verlegen um sich und zeigte plötzlich auf die Gegenseite der Straße, wo eine Frau aus der Türe eines Geschäftes trat. Geistesgegenwärtig meinte er: «Dort, die alte Lehrerin, geht die fragen; die weiß alles!» Als wir die Straße überquert hatten, säumten wir nicht, uns bei der Begrüßung als Kollegen aus der Schweiz vorzustellen. Wiederum stellte ich die Frage nach Anna Mc Loon, und ich nannte auch den im Buche angegebenen Talnamen Cruach Toibrid. Ihre Augen schweiften suchend, nach innen gerichtet, durch die Gefilde ihres Gedächtnisses.

«Anna Mc Loon? … klingt mir bekannt, aber ich kann Ihnen nicht helfen. Dieses Tal kenne ich nicht. Gehen Sie auf das Post-Office fragen. Und wenn man dort nichts weiß, … so sagen wir hier: geh den Pfarrer

fragen, der weiß es bestimmt!» Sie lachte über ihr Bonmot, zeigte nochmals auf die Fassade, hinter welcher sich das Post-Office befinde, und verabschiedete sich.

Als wir den kleinen Raum betraten, in dem wenig Pakete, Zeitungen und Briefe kunterbunt durcheinanderlagen, guckte der Postmann erstaunt über die Brille nach den Unbekannten. Wir nannten das Tal, das wir suchten. Er schüttelte nachdenklich sein Haupt, griff zu einem Buche, worin sämtliche von der irischen Post bedienten Orte des Landes aufgezeichnet waren. Nachdem er hin und her geblättert hatte, erklärte er schließlich: «Dieses Tal existiert nicht!» Er war sichtlich erleichtert, damit ein Problem aus der Welt geschafft zu haben. Dankend verließen wir die amtliche Auskunftsstelle. Mein Freund kommentierte erheitert, leicht spöttisch: «Jetzt bleibt nur noch der Pfarrer, der alle Wege kennt, sogar den Weg in den Himmel!»

Auch ich war nahe daran, aufzugeben, jemals ins Tal der Erzählerin zu kommen. Dem Dörfchen entlang spazierend, stellten wir fest, daß wir unsere Reise wohl wieder andern Zielen zuwenden müßten. – Schade um Anna Mc Loon! Vor uns erhob sich plötzlich die Dorfkirche, daneben ein stattliches Pfarrhaus. «Sollten wir doch noch den Pfarrer fragen gehen?» Mein Freund lachte: «Warum denn nicht? Eine Begegnung mehr mit dem vielseitig begabten, freundlichen irischen Volkstum.»

Wir erstiegen die Treppe des repräsentativen Baues. Die Glocke klingelte hell durch die Halle des Hauses. Ich gab meinem Freunde mit dem besseren Englisch den Vortritt. Schlurfende Schritte. Durch die Türspalte spähte das mißtrauische Auge einer älteren Pfarrköchin. Dem Charme eines Schweizer Musikers konnte die behütete Seele nicht widerstehen. Das Tor öffnete sich weit. Sie hatte beschlossen zu sagen, der Pfarrer sei zu Hause, sie werde ihn rufen.

Bald erschien ein hagerer, würdiger Priester von etwa 75 Jahren in langem, schwarzem Kleide mit violett verbrämten Säumen. Ein leichtes Neigen des Hauptes: er wollte hören. – «Anna Mc Loon suchen Sie? – Ich habe einmal von ihr gehört. Aber bitte, treten Sie ein!» Er geleitete uns in sein geräumiges, mit Büchern und Schriftstücken überstelltes Studierzimmer. Bei unserem Eintritt erhob sich ein jüngerer, etwas verschlafener Vikar und verschwand diskret durch die Hintertüre. Der Monsignore (er war Bezirksoberpriester) bot uns beim Torffeuer am Cheminée zwei Lederpolster an und wollte zunächst wissen, *wen* er vor sich hätte, Ziel und Zweck unserer Reise. «Ahsoo…, ein Buch wollen Sie schreiben über Irland? Ahsoo…, deshalb sind Sie für irische Storys und Volksbräuche interessiert. Aber wie kamen Sie gerade auf Anna Mc Loon?» Wir berichteten über das deutsche Reisebuch. Schließlich griff er die Frage wieder auf: «Ja, ich kenne das Tal, wo sie wohnt; aber es ist ein weit Stück von hier.»

«Sind Sie sicher, daß sie noch lebt?»

«Ich weiß es nicht. Ich kenne den Lehrer der kleinen Schule in jenem Tale, wo sie wohnt. Ich will ihn gleich anrufen.»

Er begab sich zu einem Wandkasten-Telefon musealen Wertes, kurbelte einige Male, kurbelte wieder und setzte sich schließlich enttäuscht nieder in seinen Sessel. «Die Schule hat wohl Ferien. Niemand antwortet.» – Plötzlich schnellte er hoch: «Ach, wenn ich mich recht entsinne, war mein Vikar gerade gestern in jenem Tale. Ich geh' ihn rufen!»

Der schmächtige Vikar durfte sich auf einen hölzernen Stuhl zu uns setzen. Wir hörten von ihm, daß er erst drei Monate in dieser Gegend sei, nachdem er zehn Jahre auf Tory Island als Seelsorger gewirkt hatte.

«Ja, ich konnte gestern mit einem Bauern im Jeep in jenes Cruach fahren. Ich bin sehr am irischen Brauchtum interessiert und hatte vernommen, daß in jenem Tale dort eben jetzt John Dougherty, der letzte bedeutende Volks-Fiddler, weilt. Zu ihm bin ich gefahren. Gestern abend habe ich ihn spielen gehört. Morgens um drei sind wir heimgekehrt. Ein Wundermann! – Von Anna Mc Loon hat man nicht gesprochen.»

Der schläfrige Vikar war plötzlich lebhaft geworden. Seine Augen funkelten durch die Brillengläser: «Sie müssen unbedingt hinfahren, um John Dougherty zu hören! Ich will Ihnen den Weg beschreiben: Sie fahren jetzt links um die Kirche herum. Nach etwa drei Meilen kommen Sie zu einer Steinbrücke. Links davon steht ein Haus, ‹Quinn's shop›, ein kleiner Kaufladen. Dort fragen Sie weiter nach dem Weg. Der Shop-man kennt Johnny. Dann führt Sie der Weg über einen Bergpaß. Ich habe es nicht mehr so recht im Auge, wo man weiter abbiegt; auf dem Rückweg war finstere Nacht. Sollte Anna Mc Loon nicht mehr leben, Sie haben den Fiddler. Er spielt wunderbar. Ein Stück gutes altes Irland wird zu Ihnen klingen!»

Jetzt war in meinem Freunde durch die begeisterten Worte des Vikars der Musiker entflammt. Es gab kein Verweilen mehr. Wir hatten zu danken und waren beglückt, wie in Glentis vom Milchmann zur alten Lehrerin zum Post-Office zum Pfarrhaus zum Vikar ein «Schicksalszahn» in den andern griff, um uns doch noch ins Tal der Anna Mc Loon zu bringen.

Die Antwort

In «Quinn's shop» kauften wir einige Äpfel. Auf unsere Wegfrage hin holte die Verkäuferin ihren Mann. Er hörte sich unser Interesse für Anna Mc Loon an; dann beugte er das Haupt leicht vornüber und betonte, langsam sprechend, alle drei Worte: «She is dead!» (Sie ist tot.) Als er meine Betroffenheit wahrnahm, fügte er wie tröstend hinzu: «Nun, Sie werden eine andere große Freude haben: Sie können John Dougherty hören. Sein

Spiel verzaubert die Menschen. It's wonderful!» Die Augen des einfachen Bauern und Bäckers leuchteten auf. Dann aber bemerkte er: «John Dougherty ist in großem Leid. Vor zwei Monaten ist sein Bruder gestorben, der auch ein Fiddler war. Ich weiß nicht, ob er jetzt vor fremden Menschen spielen wird. – Nun, Sie werden sehen! – Fahren Sie nach der Brücke links den Berg hinauf. Auf der andern Seite geht's ein gut Stück abwärts, bis ein Wald naht. Geben Sie gut acht: etwa 100 Yards *vor* diesem Walde biegt rechts, zwischen Büschen, ein kleiner Weg ab, der fast wieder rückwärts zu führen scheint. Dort müssen Sie hinauffahren. Er bringt Sie in ein anderes Tal. Etwa der vierte Hof unterhalb des Sträßchens, auf der linken Seite, ist der richtige. Dort weilt jetzt Dougherty.»

«Und ist das Haus von Anna Mc Loon nahe dabei?»

«Das kann Ihnen der Bauer dort weisen; es kann nicht weit weg sein.»

Unser kleiner Fiat war brav, auch wenn er gelegentlich über die Unebenheiten und Kehren des Bergpfades unwillig im ersten Gange aufsurrte. Eine Bäuerin trieb eine Kuh und Ziegen dahin. Wir versicherten uns bei ihr nach dem Hause des Fiddlers. Sie antwortete: «Achten Sie auf ein Haus mit *zwei* roten Kaminen; dort spielt John Dougherty», und aus ihren Augen strahlte Freude, die sie von seinem Spiel empfangen hatte. – Zwei Kamine auf *einem* Hause in diesem Tal! Das war selten, daß ein Bauer den Reichtum *zweier* Feuerstellen hatte. Das hieß: zwei geheizte Räume im Winter! – Die Höfe lagen sehr weit auseinander. Der Pfad führte immer höher bergauf ins weite, durchsonnte Tal. Schattige Wolkenbilder zeichneten sich ab und zu an die gegenüberliegenden grünen Hänge. Endlich erschienen, nicht weit unterhalb des Weges, die beiden Kamine. Wir schritten den Fußpfad abwärts und begegneten einem jüngern, rothaarigen Bauern, der nebenan Gras mähte. Auf unsere Frage, ob hier der Fiddler sei, lachte er übers ganze Gesicht: «Ja, Johnny ist zu Hause!» Von der Seite näherten wir uns dem stattlichen Gebäude, das nach oben, wo wir herkamen, fast nur Dach und keine Fenster aufwies. Man konnte also unser Herankommen von oben gar nicht bemerken. Um eine angebaute Scheune herum traten wir in den geschlossenen Hof. Wie erstaunten wir, als uns vom Hauseingang her ein älterer Mann aus der offenen Tür entgegentrat. Er hatte beide Arme zum Gruße ausgebreitet und empfing uns mit einer Herzlichkeit wie gute alte Freunde, die er erwartet hatte. Er geleitete uns in die ziemlich dunkle

Wohnküche, wo auf einem Herdfeuer Kartoffeln gesotten wurden. Das also war John Dougherty. Er mochte um die fünfundsiebzig Jahre alt sein. Seine grauen Augen leuchteten ruhigen, stillen Ernst und spürbare Güte. Die Stimme klang zart, ziseliert im Sprechen. Alle Bewegungen waren wie von den Händen, den Fingern geführt und immerzu bedächtig.

Der Küchenraum war zugleich Wohnstube und recht geräumig. In einer Ecke saß stumm ein Greis und trank von Zeit zu Zeit Milch aus einer Kachel-Tasse. Die Bäuerin, etwas scheu, schürte das Feuer. Ihr Gruß war schlicht, ohne Handreichen. Kaum hatten wir uns auf Küchenstühle gesetzt, begann das Gespräch mit John. Unfehlbar kam, nach irischer Sitte, eine Eingangsunterhaltung über das Wetter, über den «nice day». Gerne wollte man von unserem Herkommen, unserem Beruf und unserem Lande etwas hören. Freude zeigte John, als mein Freund von seiner Arbeit als Musiker und Pianist erzählte. Und nun durften wir nach den Lebensgewohnheiten des Fiddlers fragen. Es ergab sich eine Art von Interview.

Frage: «Wie kamen Sie dazu, Fiddler zu werden?»

John: «Ich konnte gar nicht anders. Mein Vater, mein Großvater, all meine früheren Vorfahren waren Fiddler. So habe ich schon als kleiner Knabe bei meinem Vater zu spielen begonnen, und mit der Zeit habe ich ihm all seine Stücke nachgespielt, und es waren viele. Immer wieder, wenn Wellen der Schönheit (waves of beauty) an mich herankamen, ging ich spielen und gehe heute noch spielen.»

Frage: «Haben Sie einen festen Wohnsitz, von wo aus Sie hierhin und dorthin spielen gehen?»

John: «Nein, ich bin ohne Familie und immer wieder auf der Wanderung. Hier im Tale bleibe ich jetzt etwa zwei Monate und helfe den Bauern auch gerne bei der Arbeit. So habe ich im Lande Donegal meine Orte, wo ich immer willkommen bin.»

Frage: «Und wann spielen Sie, bei welchen Gelegenheiten?»

John: «Den Menschen nur dann, wenn ich gefragt werde. Öfters spiele ich für Kinder. Man muß ihnen gute Klänge in die Seele geben.»

Frage: «Spielen Sie auch zum Tanze?»

John: «Nein, das tu' ich nie. Das gehört nicht zur Tradition unserer Familie. Ich spiele auch nie für Geld.»

Da wir einige Hemmungen hatten, ihn wegen des Todes seines Bruders zum Vorspielen zu bitten, wußten wir nicht, was wir hätten vornehmen müssen, ihn endlich auch spielen zu hören. Er aber konnte nur spielen, wenn er gefragt wurde. Der Fiddler selbst löste plötzlich dieses Dilemma, indem er zu meinem Freunde sagte:

«Ach, wie schade, daß ich kein Klavier habe, Sie zu hören!»

Gleich antwortete dieser: «Das würde ich sehr gerne für Sie tun! Aber wenn wir *Sie* hören dürften, das wäre uns eine viel größere Freude!»

Mittlerweile war der junge, rothaarige Bursche mit einem älteren Bauern in die Küche eingetreten. Beide hatten sich in eine halbdunkle Ecke gesetzt. John Dougherty sagte jetzt zum jungen Joe ein kurzes, uns nicht verständliches Wort. Dieser verschwand gleich im Nebenraum und kam mit dem Geigenkasten des Meisters zurück. Er trug ihn wie ein kleines Kind behutsam auf beiden Armen, kniete vor John nieder, so daß dieser den Kasten bequem öffnen und seine Violine herausnehmen konnte. Während er stimmte, betrachtete ich die Farbreflexe, die das Tageslicht auf dem alten, bunten Geschirr des Küchenschrankes hervorzauberte. Ein süßlicher Duft gesottener Kartoffeln, vermischt mit sanftem Torfrauch, verbreitete sich. Eine Atmosphäre der Wärme, der Stille, der Geborgenheit. John Dougherty stimmte sehr sorgfältig, fast unhörbar leise. Und nun begann ein seltsames Tonweben, harfenähnlich, arpeggienhaft, von der Tiefe zur Höhe und wiederum sich senkend in flimmernde Gründe. Jetzt schossen Rhythmen in die sprühenden Tonsphären, ordneten, beschleunigten und beruhigten wiederum. John spielte sitzend, zumeist mit geschlossenen Augen. Seine erstaunlich bewegliche Linke glitt mit präziser Sicherheit in alle Spiellagen. Der Bogen zauberte die Tonfolgen mit sensibler Leichtigkeit aus den Saiten. Als der letzte Ton verklungen war, öffnete John die Augen, lächelte, vom inneren Erlebnis erfüllt, und kommentierte:

«Das war das Stück, worin der Wind mit den Meereswellen musiziert.» – Zu einem weiteren bemerkte er, daß darinnen die Lerchen jubilieren. Ein weiteres nannte er «Lied an ein schönes Mädchen», ein anderes «Trauergesang für den gefallenen Helden»; er nannte auch dessen Namen. Zwei Stücke hieß er «Hornpipe». Bei einem kündigte er an: «Das folgende ist das einzige, das von mir selbst stammt, alle übrigen lernte ich von meinem

Vater.» Zu einer seltsam beschwingten Weise bemerkte er: «Mit dieser Melodie kann man Verstorbene auf ihrer weiteren Wanderung begleiten.»

Wir fragten ihn, ob er selbst keine Schüler mehr hätte. Er verneinte: «Mit mir werden diese Klänge vergehen. Ich gebe zwar dem Joe hier auf dem Hofe jeden Sommer etwas Unterricht, ihm zur Freude; aber er wird kein Fiddler sein. – Hallo, Joe! Hol deine Geige, spiel den Herren auch was vor!» Es war schlicht und wohlklingend, was Joe spielte. Er hielt die Violine tief, sozusagen auf seinem Herzen angestemmt. Seine blauen Augen schauten dabei ständig durchs kleine Küchenfenster hinaus, wie in weite Fernen staunend...

Nun aber hatte die Bäuerin den Tee für uns aufgegossen. Joe versorgte sein und des Meisters Instrument. In uns aber klang und sang es von Meer, Wind und Wellen, von Liebe und Lerchenjubel. Und so still demütig saß John Dougherty vor uns, mit dem das Erbe von Jahrhunderten zu Ende ging.

Da man bei einer Tasse Tee zusammensaß, ging unsere Frage nach der verstorbenen Anna Mc Loon. Wir fragten, ob uns jemand das Haus weisen würde, wo sie wohnte und ihre Geschichten erzählte. Statt einer Antwort trat ein seltsam Verstummen ein. Die Bäuerin blickte auf Joe; ihre Augen begegneten sich einen Moment, und mir schien, als ob Joe leicht erröte. Dem Gespräch wurde eine andere Wendung gegeben, trotzdem unsere Frage noch in der Luft hing. Das Verhalten der Bauersleute berührte eigenartig. Sollte ein Tabu des Schweigens um der Erzählerin Tod aufgerichtet worden sein? – Lange hatten wir die Gastfreundschaft der guten Leute in Anspruch genommen. Zum Abschied traten alle mit uns in den Hof hinaus, selbst der Greis am zittrigen Stock. Es gab herzliches Händeschütteln und viele gute Wetterwünsche. John Dougherty aber faßte uns an beiden Händen und hielt uns die Wange zum Bruderkusse hin, und dann ruhte Auge in Auge. Mir war, als ob Anna Mc Loon mit dabei wäre bei unserem Abschied. Hatte nicht sie uns hierhergeführt? Durch meine Gedanken zog es wie Worte: «Mein Erzählen ist verstummt; aber ihr habt John Dougherty gehört. In seinen Tönen lebt, wovon auch ich kündete und sang: die Seelenklänge, die Seelenbilder der Grünen Insel!» – Sollten wir wirklich fort aus diesem Tale, ohne ihr Märchenhaus zu sehen? – Es war schon leicht unschicklich, als ich Joe nochmals leise ansprach: «Und das Haus von Anna Mc Loon, ist es noch weiter oben?» Er flüsterte mir unauffällig zu: «Yes, Sir, unterhalb des Weges, auf der linken Seite.»

Es war einmal…

Einige wenige Windungen fuhren wir aufwärts, als unten ein Haus auftauchte. Zwei Männer bemühten sich, das Strohdach auszubessern. Wir hielten an, lagerten uns auf Heidekraut und blickten hinab. Vor uns breitete sich die sanfte Weite des Tales, die grünen Flächen, die da und dort in violette Steinhänge sich auflösten. Von den Hügelkuppen drängten Nebelschwaden der Tiefe zu. Aller Sonnenschein war gewichen. Ein kühler Wind erhob sich. Aber die erlebte Fülle der Töne und Melodien gab im Nachklang eine innere Wärme, die der äußeren Kälte standhielt. Sinnend schweiften die Blicke, die Gedanken durchs Tal von Anna Mc Loon. Stumm rasteten wir hier, zeitlos der Landschaft hingegeben.

Ein unangenehmer, befremdender Motorenlärm drang plötzlich an unser Ohr. Ein altes, klappriges Motorrad bewegte sich mühsam aufwärts durch den holprig steinigen Weg. Wer fuhr uns da entgegen? – Er war es wirklich: der rote Joe saß auf dem rostigen Vehikel! Als er uns erreicht hatte, lachte er strahlend. Doch verlegen war seine nachfolgende Erklärung: «Ich bin Ihnen nachgefahren und hoffte, Sie noch zu erreichen. Sie sind aus fernem Lande gekommen, und ich möchte Ihnen doch das richtige Haus von Anna Mc Loon zeigen, weil Sie sie auch lieben. Wissen Sie, ich war ihr Pflegesohn. Sie und ihr Bruder haben mich als armen, elternlosen Jungen aufgenommen, und sie hat mir so viele ihrer Geschichten erzählt und mich abends in den Schlaf gesungen. Sie wohnt fest in meinem Herzen. Wenn ich spiele, muß ich an sie denken. Und weil Sie so weit hergekommen sind, möchte ich Ihnen das richtige Haus weisen. Ich fahre Ihnen jetzt voran. Es liegt noch ein gut Stück weiter oben. – Die andern wollten zuerst nicht, daß ich Ihnen den Weg zeige. Sie sagen, man soll die Toten ruhen lassen; aber Johnny hat gut für Sie gesprochen. Sie müssen wissen: als Mutter Anna starb, ist ihr Bruder zu Verwandten gezogen. So haben wir das Häuschen umzäunt, daß es in Frieden bleibe. – Wollen wir jetzt hingehn?»

Joe hatte seine Erklärungen oft unterbrochen im Suchen nach Worten, die wie aus seinem Herzen emporstiegen. Jetzt aber knatterte er seine Maschine an, und wir folgten gerne dem ratternden Lotsen. Der Pfad wurde nach oben noch schmaler und holpriger. In der Nähe eines kleinen Häuschens stellte der Bursche sein Gefährt an einen Stein. Bis in Brusthöhe war es mit Drahtgeflecht eingezäunt, ohne Zugang. Mein Freund schlug vor: «Ich unterhalte mich hier draußen mit Joe. Steig du über den Zaun und nimm ein Bild vom Innern des Häuschens auf.»

Joe fand es selbstverständlich, daß ich über den Zaun setzte, den wohl noch niemand überstiegen hatte. Eine Amsel flog flüchtend auf. Mit langsamen Schritten umging ich das Häuschen, kam von rückwärts zur offenen Haustüre und betrat die Schwelle. Der Blick fiel ins Innere. Durch das vom Sturm aufgerissene Strohdach guckte der Wolkenhimmel herein. Hier hatten Wind und Wetter, Frost, Regen und Schnee seit Jahren gehaust und ihre Spuren hinterlassen. In der Ecke stand ein Bett, zerfetzt. Bei der offenen Feuerstelle Anna Mc Loons Kochtöpfe, daneben ein niederes Bänklein,

41

dessen Formen mir von der Buchfoto vertraut waren. Strohfetzen des eingestürzten Daches waren überallhin verstreut. Der kleine Wohnraum bot ein Bild totaler Zerstörung. Die Natur und ihre Elementarkräfte allein hatten hier Besitz ergriffen und Erbschaft angetreten, menschlich Gehegtes der Vergänglichkeit zu übergeben. Gebannt stand ich auf der Schwelle. So unsentimental, ja brutal trat mir der Akt von «Stirb und Werde» der Märchenerzählerin entgegen, da ich mich auf verklingende Stimmung innerlich eingestellt hatte. Eine Lektion der Vergänglichkeit wurde hier erteilt. Dieses Zurücknehmen zur Natur hielt meinen Fuß an der Schwelle fest. – Langsam löste sich der Blick aus einer ersten Erstarrung. Ein eingerahmtes Bild hinter Glas hing schief an der Wand. Ein wohlfeiler Jahrmarktsdruck des segnenden Christus, als Bild eher kitschig; doch mochte es die naive Demut Anna Mc Loons verehrt haben. Die Ausbleichung und die ikonenhaft bräunliche Verfärbung gaben der Gestalt mit erhobenem Arm in dieser Umgebung eine surrealistische Wirklichkeit. Das Motiv des Helfers durch alle Zerstörung stieg auf: «Ich bleibe bei Euch bis ans Ende der Erdenzeiten!» Es verklärte irgendwie diese Trümmerwelt. – Doch, was war das?

Mein Blick wurde plötzlich links neben den Türrahmen hingezogen. Auf zwei in die Mauer eingelassenen Brettchen standen verstaubte Teller, Tassen und zwei Eierbecher. Darunter guckte ein vergilbtes, zerfranstes Blatt hervor. Es standen Zeichen darauf. Waren sie von Hand angebracht? Behutsam tastete ich nach dem Papier, zu sehen, was Anna Mc Loon beschäftigt hatte, da sie doch weder lesen noch schreiben konnte. Es schien ein Kalenderblatt zu sein mit Sonne-, Mond- und Tierkreiszeichen. Im sachten Herausziehen fiel mir ein Gegenstand in die Hand... Ein kleines Metallkreuz, von Grünspan fein patiniert. In die Balken waren schmale Hölzchen eingelegt. Ein abgerissener Faden mit einer kleinen Holzperle am Aufhängering gab die Deutung: Es war das Kreuz des Rosenkranzes der Anna Mc Loon! Da lag es auf meiner Rechten, als ob eine unsichtbare Hand es hätte hineingleiten lassen. Und es verdichtete sich das Erlebnis wie zu einem Gruße: «Hier, ein Gedenken an mich, die Märchenerzählerin, und an die vergangene mythische Zeit Altirlands. – In vielen Gebeten haben meine Hände dieses Zeichen umschlossen. In Stunden der Angst, der Krankheit lag es auf meinem Herzen, auf meiner Stirne. In Dank berührten es meine Lippen. Und immer wieder spendete es Vertrauen in die Erde, in mein Schicksal. In kalten Tagen hat es mich durchwärmt mit seinem Frieden...» So ähnlich sprach es. Grün schimmernd lag das Zeichen vor mir. Ich wendete es und gewahrte, daß auf der Rückseite eine rötliche Holzart eingelegt war: Rosenholz. – Ein Windstoß fuhr plötzlich durch den Raum, wirbelte Strohhalme auf und wischte die Zwiesprache aus, die für Augenblicke mich mit dem Geiste der Erzählerin verbunden hatte. Der erneute Blick in all die Zerstörung bekam auf einmal eine ganz andere Nuance: eine Sinngebung, die davon sprach, daß Natur und Mensch dem großen «Stirb und Werde» unterliegen. So vergehen Werke und Tage alter Kultur, einem neuen Werden Raum zu geben. Was in Anna Mc Loon aufblühte, was sie erzählte und gestaltete, es sind Gaben und Kräfte des Menschengeistes, die gleich den Jahreszeiten der Wandlung unterliegen. – Ein letztes Mal schweiften meine Augen zum Kamin mit den Kochtöpfen, zur Bank, worauf sie gesessen, ihre Hände und Füße an der Glut zu wärmen. Der schwarze Ruß im Kamin wies auf die kargen, täglichen Kartoffeln, die sie kochte, und auf den Tee, den sie dazu aufgoß. Hier hatte sie die Wolle ihrer Schafe gesponnen, Handschuhe und Socken für den Händler gestrickt. Einmal im Jahr kam er vorbei und zahlte das einzige Bargeld aus, das durch ihre Hände ging, um hin und wieder Lampenöl, etwas Zucker und ein Brot zu kaufen. Hier hatte sie beim glimmenden Herdfeuer ein Leben lang aus dem Quell der Märchen und Sagen Irlands erzählt...

So leben sie noch heute...

Länger als gewollt hatte ich draußen vor dem Zaune Joe und meinen Freund warten lassen. Als ich, wohl etwas versonnen, zu ihnen trat, blickte mir Joe fragend in die Augen. Er erwartete ein Wort von mir. Spontan drückte ich ihm die Hand. «Ich danke dir, Joe! Ich bin Anna Mc Loon in meiner Seele begegnet.» Da hellte sich sein Antlitz auf, und ein glückliches Naturlachen überstrahlte sein Gesicht. «All right, Sir! Good bye!» Er kickte sein Motorrad an, und wir verfolgten mit den Augen, wie er die Windungen des Pfades abwärts ins Tal fuhr und hinter einem Hügel verschwand.

Unser Weg aber führte weiter aufwärts über einen Höhenpaß an weidenden und blökenden Schafen vorbei. Hohe Sumpfgrasbüschel, die mitten auf dem Wege sproßten, schlugen fast rhythmisch an die Karosserie unseres kleinen Wagens. In das Surren des Motors hinein musizierten Rhythmen und Klänge von John Dougherty, und aus den Nebelschwaden, die sich an den Berghängen ballten, wuchsen Riesen, Zwerge und Elfen, Drachen und Schwertkämpfer, von denen Anna Mc Loon diesen Talbewohnern erzählt hatte.

IMPRESSUM

Der Sternenreiter ist eine freie Nachdichtung einer Sage, die um 1950 vom alten O'Daly in Rossport dem Reiseschriftsteller A. E. Johann erzählt wurde. Er berichtet darüber in seinem Buche «Irland», Gütersloh 1953. Die Sage dürfte vermutlich im 17. Jahrhundert entstanden sein.

Anna Mc Loon ist eine Geschichte aus jüngster Zeit, als der Autor zusammen mit einem Freund auf die Suche nach der letzten keltischen Märchenerzählerin ging, die ein Leben lang von Hof zu Hof und von Ortschaft zu Ortschaft kreuz und quer durch ganz Irland ihren Märchenschatz ausgebreitet hat.

Die verwendeten Illustrationen sind Reproduktionen von Kupferstichen von Andrez Dauchez, enthalten in einem Druck der Société des amis du livre moderne – Le Foyer Breton, von Emile Souvestre, Paris 1910.

Diese Ausgabe erschien im Verlag Meier Schaffhausen im Herbst 1976. Typographie und Gestaltung stammen von Fritz Bünzli. Satz und Druck besorgte die Firma Meier + Cie AG Schaffhausen, Offset Buchdruck, den Einband die Großbuchbinderei Hch. Weber AG, Winterthur. Als Schrift wurde die 12 Punkt Bembo verwendet. Das Papier, naturweiß, holzfrei, matt Werkdruck, hat die Firma M. Matzenauer & Co., Sankt Gallen, geliefert.

Die ersten 900 Exemplare der Ausgabe sind numeriert und erschienen nicht im Handel.